AF317089

LES AVANTAGES

DE

LA RÉUNION TERRITORIALE;

PROVERBE,

Par Louis Gossin,

MEMBRE DE LA SOCIÉTÉ D'AGRICULTURE DES ARDENNES,

CORRESPONDANT DE LA SOCIÉTÉ ROYALE ET CENTRALE D'AGRICULTURE DE PARIS,
ASSOCIÉ LIBRE DE LA SOCIÉTÉ CENTRALE D'AGRICULTURE DE NANCY:

OUVRAGE COURONNÉ PAR LA SOCIÉTÉ CENTRALE D'AGRICULTURE
DE NANCY,

Dans sa Séance publique du 9 Mai 1841.

Ridentem dicere verum
Quid vetat? ut pueris olim dant crustula blandi
Doctores, elementa velint ut discere prima.

HORACE.

A PARIS,

CHEZ BOUCHARD-HUZARD, RUE DE L'ÉPERON, 7.

A NANCY,

CHEZ GEORGE-GRIMBLOT, PLACE STANISLAS, 7.

1841.

LES AVANTAGES

DE LA

RÉUNION TERRITORIALE;

PROVERBE.

NANCY, IMP. DE A. PAULLET.

LES AVANTAGES

DE

LA RÉUNION TERRITORIALE;

PROVERBE,

Par Louis Gossin,

MEMBRE DE LA SOCIÉTÉ D'AGRICULTURE DES ARDENNES,

CORRESPONDANT DE LA SOCIÉTÉ ROYALE ET CENTRALE D'AGRICULTURE DE PARIS,
ASSOCIÉ LIBRE DE LA SOCIÉTÉ CENTRALE D'AGRICULTURE DE NANCY;

OUVRAGE COURONNÉ PAR LA SOCIÉTÉ CENTRALE D'AGRICULTURE
DE NANCY,

Dans sa Séance publique du 9 Mai 1841.

> Ridentem dicere verum
> Quid vetat? ut pueris olim dant crustula blandi
> Doctores, elementa velint ut discere prima.
>
> HORACE.

A PARIS,

CHEZ BOUCHARD-HUZARD, RUE DE L'ÉPERON, 7.

A NANCY,

CHEZ GEORGE-GRIMBLOT, PLACE STANISLAS, 7.

1841.

NOTE.

Loin de moi la pensée de donner ici quelque chose de nouveau sur l'importante question de la Réunion territoriale, que les agronomes les plus distingués, notamment M. *Bertier* de Roville, ont traitée en maîtres. J'ai seulement essayé, pour répondre aux vues de la Société centrale d'Agriculture de la Meurthe, de mettre cette question, avec ses principaux développements, à la portée des habitants de nos campagnes. J'ai cru pour cela devoir adopter la forme d'une conversation qui aide à soutenir l'attention. La Société d'Agriculture de Nancy jugera si j'ai atteint le but qu'elle s'est proposé.

L. GOSSIN.

Tour-Audry, 25 mars 1841.

Les interlocuteurs de ce dialogue sont :

UN CAPITAINE, aîné de la famille.

BERTRAND,
FRANÇOIS, } Cultivateurs, ses frères.

THÉRÈSE, leur sœur.

SIMON, autre cultivateur, mari de Thérèse.

———

La scène est chez Simon, dans un village
de la Lorraine.

LES AVANTAGES

DE

LA RÉUNION TERRITORIALE.

SCÈNE PREMIÈRE.

SIMON, THÉRÈSE.

THÉRÈSE.

Oh ça, mon mari, nos frères, comme vous savez, vont venir pour régler avec nous le partage du petit bien de défunt mon père.

SIMON.

Oui, notre femme.

THÉRÈSE.

Le Capitaine, à ce qu'il paraît, ne peut arriver à temps ; mais il donne d'avance son consentement à ce que nous aurons fait. De plus, il nous engage à partager les champs sans rien diviser, nous cédant ce qui serait réciproquement à notre convenance. Je ne donne pas là-dedans, moi : pas un des champs n'est à notre convenance plus que les autres ; tandis que Bertrand veut déjà les deux hectares dont il est voisin, plus deux ou trois pièces qui le touchent aussi et qui ne sont pas les plus mauvaises. Quant à François, il demandera, j'en suis sûre, les quatre champs qui découpent les siens à la couture des trois chemins.

SIMON.

En effet, ils l'arrondiraient d'une belle manière.

THÉRÈSE.

Oui, et nous, nous n'aurions que le plaisir de voir ces messieurs s'arranger des héritages magnifiques, et mes belles-sœurs s'y pavaner en faisant plus que jamais les renchéries. Oh! pas de cela; vous entendez. Vous direz tout d'abord qu'il faut tout partager.

SIMON.

Oui, tu as raison.

THÉRÈSE.

Et je vous défends de vous laisser enjoler...

SIMON.

Sois tranquille, notre femme.

THÉRÈSE.

De vous laisser entraîner...

SIMON.

Sois sans inquiétude.

THÉRÈSE.

De vous laisser endoctiner...

SIMON.

Oh! je n'ai garde.

THÉRÈSE.

C'est que je les connais, ces langues dorées!
Pour avoir le temps, avant de rien signer, de
réfléchir sur ce qu'ils vont proposer, il faut que
je m'absente; et alors, s'ils s'obstinent pour les
pièces qui leur conviennent, vous direz : J'en
parlerai à ma femme.

SIMON.

Moi, je veux bien.

THÉRÈSE.

Allons, tenez vous ferme.

SIMON.

Comme un roc.

(Thérèse sort.)

SCÈNE II.

SIMON seul.

Ces blancs bonnets! ça vous a toujours des
chemins de détour, des ruses de possédé...
J'aurais tout autant aimé d'y aller à la bonne
franquette; mais Thérèse ne l'entend pas de
cette façon là; et, ce qu'elle a à la tête, elle ne
l'a mordié pas au talon! Aussi, pour avoir la

paix dans le ménage... mais voilà mes deux beaux-frères...

SCÈNE III.

SIMON, BERTRAND, FRANÇOIS.

SIMON.

Bonjour, vous autres.

FRANÇOIS et BERTRAND.

Bonjour, frère Simon.

BERTRAND.

Où est donc ma sœur?

SIMON.

Elle n'est pas loin, j'imagine.

BERTRAND.

Eh bien! que penses-tu du conseil que nous donne le Capitaine, de nous céder mutuellement les champs qui nous conviennent dans le partage à faire entre nous?

SIMON

Mon Dieu, je ne sais trop... il faut voir un peu.

FRANÇOIS.

Nous sommes tout disposés, Bertrand et moi, à te donner les champs que tu préfèrerais.

SIMON.

Je vous remercie.

BERTRAND.

Tu aurais la chenevière, qui n'est pas loin de ton clos.

SIMON.

Je ne demanderais pas mieux ; mais...

FRANÇOIS.

Et la pièce des Cinq-Croix...

BERTRAND.

Et l'hectare de la Gabrielle...

FRANÇOIS.

Et la terre dite du Sauveur.

SIMON.

Ce sont de bons champs sans doute ; mais...

BERTRAND.

Toi, François, tu aurais les quatre champs qui divisent ta pièce des Trois-Chemins. Pour moi, j'aurais celui de deux hectares et les deux autres petits dont je suis voisin. Le Capitaine prendrait le reste. Je crois que de la sorte les parts sont égales, d'après les propres estimations de Simon.

FRANÇOIS.

Sans contredit.

BERTRAND.

Voilà qui est donc entendu. Si tu le veux, Simon, nous allons dresser et signer un petit compromis; puis nous ferons faire à loisir nos actes de partage.

SIMON.

Est-ce que c'est déjà fini?

BERTRAND.

Quand on n'a point de difficultés, les choses vont le galop.

SIMON.

Comment! nous n'aurons pas nos parts dans chaque pièce?

BERTRAND.

Mais non, puisque nous nous cédons l'un à l'autre celles qui nous conviennent.

SIMON.

Moi, je veux bien; mais... j'en parlerai à ma femme.

FRANÇOIS.

Il n'est pas nécessaire. Il suffit que sa part te plaise, n'est-ce pas?

SIMON.

Il s'agit de son bien à elle, et vous savez qu'elle aime assez qu'on fasse à sa guise.

BERTRAND.

Je suis sûr que Thérèse ne te dédira pas,
puisqu'elle est réellement très-bien partagée.

FRANÇOIS.

Voudrais-tu par hasard, au lieu du champ
de la Gabrielle celui des Aulnois? Eh bien!
nous te le donnerons.

BERTRAND.

La terre y est, en effet, un peu meilleure.

SIMON.

Tenez, frères, il n'y qu'un mot qui fasse…
j'aimerais mieux tout partager.

FRANÇOIS.

Comment! pour avoir une multitude de
lambeaux au lieu de quatre bonnes pièces?

SIMON.

C'est vrai tout de même; mais…..

BERTRAND.

Allons donc, point d'enfantillage : choisis
entre le champ des Aulnois et celui de la Gabrielle ; nous signerons ensuite.

SCÈNE IV.

THÉRÈSE entre.

SIMON, *à part.*

Dieu soit loué, voici ma femme qui vient

me tirer d'embarras. (*haut*) Dis donc, femme, qu'aimes-tu mieux des Aulnois ou de la Gabrielle?

THÉRÈSE.

Pourquoi cette question ?

SIMON.

C'est qu'on nous donne à choisir l'un des deux.

THÉRÈSE, *à part.*

Ah! que j'ai bien fait de revenir! j'avais le pressentiment de ce qui se passait. (*haut*) Vous dites, Simon, qu'on nous donne à choisir entre ces deux champs là : Eh bien! je ne veux ni l'un ni l'autre.

BERTRAND.

Mais, Thérèse, tu ne sais ce que nous te donnions en outre.

THÉRÈSE.

Peu m'importe, puisque j'entends avoir ma part dans tout.

FRANÇOIS.

Mais, sœur, ton lot est excellent ; on peut dire même que, ne considérant que la qualité du sol, sans égard au voisinage, il est le meilleur.

THÉRÈSE.

Il faut qu'ils soient tous égaux.

BERTRAND.

Nous te donnions la chenevière, qui est dans le voisinage de votre clos.

THÉRÈSE.

Il ne m'en faut que le quart.

BERTRAND.

Tu avais aussi la pièce du Sauveur et celle des Cinq-Croix.

THÉRÈSE.

Je n'en ai que faire.

FRANÇOIS.

Tu ne seras pas plus méchante que ton mari, j'espère ; allons, Simon, ta femme se mettra à la raison pendant que nous dresserons notre compromis.

SIMON.

Mon Dieu, je veux bien, moi ; mais...

THÉRÈSE, *à part.*

L'imbécile ! (*haut*) Pour vous montrer que je sais m'accommoder, je consens au partage sans division de champs ; mais il me faut celui de deux hectares, et deux de ceux qui sont dans la pièce de François.

BERTRAND.

Tu nous prends justement ce qui nous convient le mieux.

THÉRÈSE.

C'est que cela me convient aussi.

FRANÇOIS.

Sois donc raisonnable, Thérèse!

THÉRÈSE.

Je le suis : mais je veux mon dû. J'entends
avoir ces champs, ou ma part dans tout, et vous
aussi, je pense, mon homme?

SIMON.

Moi, oh! je veux bien.

BERTRAND.

Comment, vous allez faire découper tous
ces pauvres champs que notre père a passé sa
vie à réunir de son mieux! Réfléchis donc,
Simon : ne vaut-il pas bien mieux les conserver tels qu'ils sont? Tiens, je vous aban-
donne encore, si vous voulez, le petit champ
de quinze ares, dont cependant je suis voisin;
vous aurez en valeur beaucoup plus que nous.
Vous consentez, n'est-ce pas?

SIMON.

Oh! je veux bien, moi.

THÉRÈSE.

Et je ne veux pas, moi. Très-positivement
il me faut ma part partout, comme je l'ai dit
tout d'abord.

FRANÇOIS.

Y penses-tu, ma sœur!

THÉRÈSE.

N'est-ce pas ainsi que des champs se partagent toujours? Quand une terre est de deux qualités bien distinctes, on donne même à chacun de l'une et de l'autre. C'est ce qu'il faudra faire pour deux ou trois des champs en question, qu'à cet effet nous diviserons en huit; de cette manière, il n'y a de mécompte pour personne.

BERTRAND.

Il y en a pour tous, au contraire.

THÉRÈSE.

N'importe, je ne consentirai à rien d'autre.

BERTRAND *voyant entrer le Capitaine.*

C'est ce que nous allons voir; car voilà un puissant renfort qui nous arrive fort à propos.

SCÈNE V.

LE CAPITAINE, THÉRÈSE, BERTRAND, FRANÇOIS, SIMON.

THÉRÈSE.

Que vois-je, notre frère le Capitaine!

LE CAPITAINE.

C'est moi-même, mes chers amis.

(Ils se pressent autour du Capitaine.)

FRANÇOIS.

Quel plaisir de t'embrasser ! mais voyez donc, comme Thérèse est interdite !

THÉRÈSE *embarrassée.*

C'est qu'en vérité c'est nous prendre en traître que d'arriver ainsi, quand on s'y attendait le moins.

LE CAPITAINE.

La permission de venir, qui, comme je vous l'écrivais, m'avait d'abord été refusée, me fut ensuite accordée ; n'ai-je pas bien fait d'en profiter ? Vous n'êtes pas fâchés de me voir, n'est-ce pas ?

BERTRAND.

Ah ! mon cher, tu nous combles de joie !

FRANÇOIS.

Sois en persuadé.

LE CAPITAINE.

Dites-moi, maintenant, quel heureux hasard vous réunit en ce moment ? Seriez-vous en conseil de famille ?

FRANÇOIS.

Justement ; nous sommes sur l'article du

partage des immeubles de défunt notre bon père.

LE CAPITAINE.

Et vous êtes sans doute parfaitement d'accord, comme doivent l'être de bons et honnêtes parents : vous vous cédez réciproquement ce qui vous convient, sans rien diviser, ainsi que je vous l'ai conseillé ?

BERTRAND.

Nous le voulions, nous deux François; mais la chose se trouve impossible...

LE CAPITAINE.

Impossible! comment donc ?

BERTRAND.

Simon y aurait sans doute consenti : c'est Thérèse qui s'y oppose. Elle veut que tout soit partagé; que même certains champs soient divisés en huit.

LE CAPITAINE.

Est-il vrai, Thérèse ?

THÉRÈSE.

On me refuse ce que je demande.

BERTRAND.

Tu vas juger si elle est raisonnable : nous lui offrons la chenevière, les champs des Cinq-Croix, du Sauveur et de la Gabrielle, enfin

les quinze ares qui me touchent, au vieux mou-
lin. Elle, au contraire, demande, ou pour mieux
dire éxige les deux hectares qui coupent en
deux ma pièce du Morthomme et deux des
quatre champs qui divisent la terre de François.

THÉRÈSE.

Pourquoi n'aurais-je pas ces champs tout
aussi bien que vous ?

FRANÇOIS.

Eh ! pourquoi veux-tu les avoir préférable-
ment à d'autres meilleurs ? je le sais parfaitement, moi, et je vais le dire. C'est parce qu'ils
nous agrandissent, et que tu es fâchée de voir
tes deux frères augmenter par cette réunion
la valeur de leurs héritages ; tandis que toi, qui
n'est voisine nulle part des champs à partager,
tu ne peux retirer le même avantage de la succession.

BERTRAND.

Oui, voilà le fin mot.

LE CAPITAINE.

Je reconnais bien là cet esprit étroit et ja-
loux qui s'impose des privations de peur que
le voisin ne profite davantage. Oh ! combien
cette manière de voir, malheureusement trop
commune dans nos campagnes, rapetisse l'hu-

manité! puisqu'elle semble souffrir du bien de son semblable, que l'on devrait aimer et secourir, sans compter qu'on se fait à soi-même un tort irréparable. C'est ainsi que presque jamais un partage de succession ne peut s'effectuer sans la division que Thérèse réclame en ce moment. D'où résulte l'affreux morcellement des propriétés avec ses conséquences désolantes : augmentation de travail et moins grande perfection dans la culture ; perte de temps pour le trajet d'un champ à l'autre ; servitudes nombreuses et piétinement fâcheux, tant pour le passage que pour l'évolution des charrues ; impossibilité d'exécuter des travaux d'amélioration et surtout d'assainissement, qui souvent tripleraient la valeur de la propriété ; limites nombreuses et incertaines, cause incessante de querelles, de haines, de procès ; asservissement complet au mode de culture usité dans la localité et à l'affreux système de vaine pâture.

SIMON.

Ce qui contrarie le plus dans cet éparpillement des champs, c'est le temps qu'il faut perdre pour aller de l'un à l'autre.

FRANÇOIS.

C'est bien pis encore quand on est comme

moi voisin à plusieurs places du père Escouton
ou de chicaneurs de même farine. Il n'y a pas
moyen d'éviter de paraître tous les jeudis à
l'audience ; un procès-verbal ou une assigna-
tion, voilà ma rente la plus claire de chaque
semaine.

BERTRAND.

J'en sais bien aussi quelque chose. D'un
autre côté, nous savons tous qu'il faut plus de
semence pour des champs divisés que pour une
même étendue qui ne l'est pas, à cause des
rives, qu'on ne peut semer régulièrement.

LE CAPITAINE.

L'asservissement au système de culture usité
est, suivant moi, la chose la plus fâcheuse. Si
vous saviez, mes amis, combien votre agriculture est peu avancée, comparativement à celle
de beaucoup d'autres pays moins bien favorisés
quant au sol !

Que dire ensuite de la vaine pâture : que de
maux ne produit-elle pas ! perte de nourriture
foulée aux pieds, perte d'engrais, dégénéra-
tion et maigreur d'un bétail presque toujours
mal nourri, dégâts dans les récoltes, piétinement des terres et des prés ; voilà pour les
pertes matérielles. Ce n'est rien encore auprès
de la dégradation morale causée par la vaine

pâture dans ce que vous avez de plus précieux, je veux parler de vos enfants et de vos domestiques, pour qui elle est une détestable école de paresse et de corruption.

FRANÇOIS.

Mais que faire à tout cela ?

LE CAPITAINE.

Le morcellement et l'enchevêtrement de vos terres vous permettent peu de changements : ils rendent vos propriétés et vous-mêmes esclaves de la routine ; c'est pourquoi je trouve si déplorable une telle disposition, et si répréhensible de se laisser, comme Thérèse, entraîner par de sottes passions à des chicanes dont le résultat infaillible est la subdivision des pièces, même les plus petites.

THÉRÈSE.

Mais lorsqu'on ne peut s'arranger !

LE CAPITAINE.

Mais c'est qu'il faut s'arranger, et savoir se céder réciproquement quelques avantages. Dans une vente, on fait avec raison grand cas des terres réunies et d'un abord facile. Dans un partage, au contraire, une basse jalousie produit l'effet tout opposé, le morcellement.

BERTRAND.

Quant à moi, je rends volontiers service

aux autres, en fait de réunion de champs ; car j'y attache dans mon propre intérêt un très-grand prix.

FRANÇOIS.

Pas plus que moi, je t'assure ; si la petite ferme de Mme de Latour était moins divisée, je la louerais sans difficulté un tiers de plus.

SIMON.

Il n'est personne dans tout le village qui ne soit du même goût.

LE CAPITAINE.

Tout ce que vous dites là, mes amis, vient à l'appui de ce que j'avançais tout à l'heure, en déplorant l'esprit de jalousie qui tyrannise nos campagnes.

Eh quoi! ne pourriez-vous pas', habitants d'une même commune, faire un nouveau partage de vos terres, d'après lequel chacun aurait, en pièces réunies et aboutissant sur des chemins, la valeur exacte de ce qu'il possédait en champs éparpillés et enclavés?

FRANÇOIS.

Si deux ou trois personnes ne peuvent s'arranger pour un partage de quelques hectares, comment les habitants de toute une commune s'entendraient-ils pour un partage général?

LE CAPITAINE.

Mais si une loi les y obligeait, il y aurait moyen, je pense, d'effectuer cette amélioration.

BERTRAND.

Sans doute, là du moins où les plans du cadastre ont été levés ; à l'aide de ces plans et du classement qui les accompagne, l'opération me semble même assez facile. On établirait la valeur des propriétés de chacun, et on lui rendrait une valeur égale en terres réunies ; au total chacun retrouverait sa part. Si toutefois on voulait faire aboutir toutes les terres sur des chemins, il faudrait en établir de nouveaux.

LE CAPITAINE.

Supportée par tout le monde, cette dépense en chemins serait extrêmement faible. On pourrait même, sur beaucoup de points, la rendre nulle, en prenant, à titre d'échange, dans les possessions communales, une surface égale en valeur à celle des nouveaux chemins ; de telle sorte que la valeur des terres à partager restât toujours la même.

FRANÇOIS.

Une telle conversion augmenterait assurément beaucoup la valeur de toutes nos propriétés.

THÉRÈSE.

Oui, mais va-t-en voir s'ils viennent!

LE CAPITAINE.

Pourquoi donc ne finirions-nous pas par faire en France ce qui se pratique déjà depuis long-temps dans les pays où prospère l'agriculture, en Dannemarck, en Suède, en Prusse, en Angleterre, en Ecosse, en Autriche, en Suisse? Lors de mon séjour à Belley, j'ai été témoin d'une Réunion territoriale faite dans une commune du canton de Berne. Mais, chez nous mêmes, bien que le Gouvernement semble n'y avoir jamais songé, quelques localités (*) ont effectué des Réunions de territoires, grâce à l'intervention et aux sacrifices de quelques particuliers, amis éclairés du bien public. Aujourd'hui une loi tendant à favoriser cette mesure est vivement sollicitée par plusieurs Conseils généraux. Espérons donc....

THÉRÈSE.

Comment! on viendrait m'enlever les champs de mon pauvre père!

(*) 1707, Rouvres, 1771, Neuviller, Roville, Laneuveville-dev.-Bayon (Meurthe), Nonsard (Meuse), Tard et Marliens, près de Dijon, quelques communes de l'arrondissement de Langres. Sous l'empire, Essarois (Côte-d'Or). Dernièrement, Cirey, près de Pontarlier.

LE CAPITAINE.

On ne te les enlèverait pas : on te les ferait meilleurs. Du reste, on laisserait à chacun sa maison, ses clos, ses vignes, ses bois, en procurant, autant que possible, des issues aux propriétés de ce genre qui en manqueraient.

THÉRÈSE.

Vraiment! il ne manquerait plus que de nous arracher du berceau qui nous a vus naître! mais enfin chacun est maître de sa propriété : si je ne voulais pas positivement, moi, qu'on touchât à la mienne?

LE CAPITAINE.

Si tu ne comprends pas tes vrais intérêts, il est permis au législateur de les comprendre et de travailler à ton propre bien malgré toi. Presque toutes les lois sont conçues dans ce sens. D'ailleurs, on pourrait, en vue de l'intérêt public, qui se compose de tous les intérêts privés, te contraindre à échanger tes champs contre d'autres champs, à tout aussi juste titre qu'on t'obligerait à vendre ces champs, s'ils devaient être traversés par une route, ou couverts par des fortifications.

THÉRÈSE.

Tenez, vous avez beau dire ; si on s'ingère

à refaire un partage de territoires, ou je n'y vois goutte, ou ce sera un gâchis complet. Comment, par exemple, s'y prendrait-on dans la commune de Saint-Martin, dont tout le finage est parsemé de petits champs plantés en bois, ou dans celle de Gobécourt, où la vigne, les terres et les plantations de pommiers sont entremêlées de la manière la plus confuse?

LE CAPITAINE.

En Prusse, les Réunions territoriales sont forcées. En Ecosse, la demande d'un seul propriétaire a suffi longtemps pour la faire ordonner; et, loin de produire du gâchis, l'opération a toujours enrichi les communes qui s'y sont soumises. Il en serait certainement de même en France. Au surplus, la loi dont il s'agit doit simplement tendre à favoriser la Réunion: dès lors cette Réunion ne deviendrait obligatoire dans une commune que lorsque la majorité des habitants la réclamerait. De la sorte, elle ne serait jamais demandée là où des difficultés locales, telles que celles dont Thérèse vient de se prévaloir, la rendraient ou insignifiante ou impossible. Mais, pour un petit nombre de cas exceptionnels de ce genre, d'immenses étendues de notre territoire ne seraient point privées des bienfaits de la me-.

sure ; et quelques personnes entêtées ou à vues étroites, comme ma très-honorée sœur Thérèse, ne pourraient en empêcher l'exécution , puisqu'on se passerait de leur consentement. Ainsi, l'intérêt de tous ne serait pas compromis par un mauvais vouloir individuel, ou par les caprices de l'égoïsme.

BERTRAND.

Ne faudrait-il pas mettre en dehors des Réunions les fermes isolées et déjà réunies ?

LE CAPITAINE.

Sans contredit. On comprendrait néanmoins dans l'opération les champs séparés qu'une ferme pourrait avoir parmi les autres ; et cette ferme recevrait en échange des champs voisins de son territoire. C'est ainsi qu'on a procédé dans cette commune du canton de Berne , dont je vous ai déjà parlé. Trois propriétés isolées qui s'y trouvaient y gagnèrent beaucoup, et, de passablement divisées qu'elles étaient , elles devinrent entièrement compactes.

BERTRAND.

Je ne suppose pas non plus que les biens hypothéqués soient un obstacle invincible aux Réunions dont nous parlons.

LE CAPITAINE.

Tu as parfaitement raison. La loi demandée

5*

règlerait ce point en stipulant qu'en fait de Réunion, les hypothèques fussent transportées sur les terres donnés au débiteur en échange de celles qu'il possédait dans le principe ; les unes étant de même valeur que les autres, le créancier ne perdrait pas un centime de ses garanties.

FRANÇOIS.

Je trouve de plus qu'il faudrait affranchir d'une portion d'impôt, pendant quelques années, les communes réunies, afin qu'elles pussent sans peine subvenir aux frais de l'opération.

LE CAPITAINE.

On obtiendrait sans peine, je présume, une mesure aussi juste ; sacrifice bien faible, d'ailleurs, en comparaison de ceux que l'on a faits de tout temps en faveur d'industries fort au-dessous de l'art agricole. A bien plus forte raison, les actes de mutation relatifs aux Réunions territoriales devraient-ils être affranchis des droits de timbre et d'enregistrement. En Prusse, où ces conversions sont obligatoires, les communes qui les effectuent jouissent de primes et d'avantages particuliers.

Observez au surplus, mes amis, que le travail et les frais relatifs à nos Réunions ne seraient pas fort considérables partout où le cadastre a terminé ses opérations. Comme le disait tout à l'heure Bertrand, les plans du cadastre serviraient, avec l'estimation qui les accompagne, de point de départ pour le partage. Resterait donc les frais nécessaires pour le tracé des chemins, pour l'abornement des champs, enfin pour le plan général du territoire dans son nouvel état.

THÉRÈSE.

En tout cas, ce serait une dépense et une peine bien inutiles : à la mort de chacun, les terres étant divisées de nouveau, je ne donnerais pas 20 ans à un territoire réuni pour se retrouver dans l'état où il est à présent.

LE CAPITAINE.

Du moins les parcelles aboutiraient-elles encore pour la plupart sur des chemins ; ce qui serait toujours un grand avantage par la suppression des servitudes réciproques. Mais, afin d'éviter pour toujours l'affreux morcellement d'aujourd'hui, on diviserait un territoire réuni, même les pièces appartenant à un seul propriétaire, en bandes d'une largeur déterminée, de la contenance, par exemple, de cinquante ares au plus. Chacune de ces bandes, marquée et numérotée sur le nouveau plan, serait déclarée indivisible : disposition fort simple, qui aurait en outre l'avantage immense de conserver à jamais les plans du cadastre, les parcelles représentées par les bandes pouvant changer de maître, mais ne pouvant jamais changer de forme. Ces plans eux-mêmes seraient à perpétuité des titres constants et immuables relativement aux limites des propriétés, quelqu'en fût le possesseur, puisque ces limites, coincidant de force avec celles d'une bande, se trouveraient toujours à un point parfaitement déterminé et invariable.

BERTRAND.

Pour disposer ainsi les terres en sillons réguliers avec issue sur des chemins, ne faudrait-il pas changer la direction de beaucoup de nos champs actuels ?

LE CAPITAINE.

Ce serait le mieux dans bien des cas.

BERTRAND.

J'admets la chose comme possible dans les terrains qui boivent l'eau, à sous-sol perméable, comme on dit en bon Français. Mais, quant aux terres à sous-sol imperméable, telles que les nôtres, et divisées par cette raison en sillons bombés, on leur nuirait singulièrement si on en changeait le sens, à cause des irrégularités produites par la culture en travers où séjourneraient les eaux.

LE CAPITAINE.

On ne peut, il est vrai, changer la direction des champs bombés sans les avoir nivelés, opération praticable sans autre secours que celui de la charrue, mais qu'il ne faut pas espérer de voir exécuter à la fois par tous les habitants d'une commune. La réunion des terres de ce genre n'en est pas moins possible ; seulement on devrait y suivre, pour la division des pièces, le sens actuel des sillons, sauf à les régulariser autant que possible. Les chemins seraient plus nombreux, puisqu'il faudrait souvent joindre des champs enclavés dont on aurait été forcé de conserver la direction. Du reste, ces chemins bordés de fossés serviraient à l'assainissement des terres.

FRANÇOIS.

On devrait peut-être encore profiter du moment où l'opération remettrait les terres en commun pour ouvrir d'autres fossés dans les fonds humides.

LE CAPITAINE.

La loi en question pourrait, en effet, autoriser ce travail. Remarquez, au surplus, que, par le seul fait de la disposition des terres en grandes pièces, la Réunion territoriale favori-. serait beaucoup l'assainissement de celles dont il s'agit, en permettant aux cultivateurs d'exécuter pour cela des travaux impossibles dans l'état actuel : raies d'écoulement, fossés, nivellements, etc. Ils pourraient même diminuer ou effacer tout à fait le bombement des sillons, souvent rendu excessif par la crainte des empiétements. Ainsi, en résultat, les terrains humides auraient plus à gagner de la Réunion territoriale que les terrains secs.

SIMON.

Je me souviens de t'avoir entendu blâmer nos champs bombés, dont la rondeur cependant est nécessaire pour l'assainissement.

LE CAPITAINE.

Tu aurais changé d'avis si, comme moi, tu avais vu les beaux résultats d'une culture en planches plates sur terrains humides, avec fossés et raies d'écoulement profondes. En tout cas, tu resterais libre de conserver après la Réunion tes champs bombés, si cela te convenait.

THÉRÈSE.

Quant à moi, malgré tous vos beaux projets, j'espère encore les conserver non seulement tels qu'ils sont, mais à leur place actuelle. Il

en sera de votre loi de Réunion comme de cette
autre sur la vaine pâture, dont on parle de temps
à autre et qui n'arrive jamais.

LE CAPITAINE.

Elles arriveront sans doute ensemble. Re-
marquez-bien, en effet, que la suppression de
la vaine pâture serait illusoire sans la réunion
des propriétés. Supposons pour un moment
que, dans l'état actuel, cette suppression soit
ordonnée : vous n'en conserveriez pas moins
le droit de traverser les champs voisins du
vôtre pour pâturer celui-ci. Tous auraient le
même droit ; mais, comme tous ont des champs
partout, il résulterait de ce simple droit de passage un dégât général.

BERTRAND.

Tu as raison, ce serait pis qu'avant.

LE CAPITAINE.

Je ne parle pas de la faculté de se soustraire à
la vaine pâture par les enclos ; car, comment
admettre qu'on entoure de haies ou de fossés
les innombrables parcelles dont se composent
presque tous nos territoires ? Ainsi donc, mes
amis, une loi sur les Réunions peut seule affranchir vos champs, qui, libres en apparence, sont
aujourd'hui, par le fait du morcellement, sou-

mis aux servitudes les plus contraires au progrès.

THÉRÈSE.

Vous avez beau me reprocher des vues étroites, rien de tout cela ne me plaît. Si on fait la loi dont vous parlez, on va nous envoyer, pour nos partages, des Messieurs de la ville, qui mangeront plus de beurre que de pain ; on les verra favoriser un tel parce qu'il graisse la patte, une telle parce qu'elle est agaçante , et ainsi de suite.

LE CAPITAINE.

Eh ! du tout : ce serait une commission d'experts nommés par les propriétaires intéressés, et prise parmi eux, qui procèderait aux diverses opérations de la Réunion territoriale. Ainsi, vous feriez réellement tout par vous-mêmes.

THÉRÈSE.

Si jamais on en venait là, je me démènerais si bien, qu'il faudrait nous rendre l'équivalent de ce qui nous serait pris.

LE CAPITAINE.

Je t'engagerais du moins à le faire d'une manière plus sage que pour ce qui concerne notre petite succession. Cependant, quoiqu'un peu têtue, tu as bon cœur au fond, à ce qu'il m'a toujours semblé. Tu consentiras donc, j'en ai la confiance, aux arrangements fort équitables qui te sont proposés. Quoiqu'au service depuis 20 ans, je me souviens encore assez de la valeur des champs que je labourais étant jeune, pour juger, d'après ce qui m'a été dit tout d'abord, que ta part doit réellement valoir mieux que les nôtres.

THÉRÈSE.

Mais ils agrandissent leurs propriétés, et les nôtres restent tout comme.

LE CAPITAINE.

Eh ! ma chère amie, si tu étais à leur place ne serais-tu pas enchantée qu'ils fissent pour toi ce que je t'engage à faire pour eux ?

THÉRÈSE.

Et puis, ne connais-je pas mes belles-sœurs? Lorsque j'aurai été bien complaisante, elles iront se vanter partout le village de m'avoir adroitement subtilisée.

BERTRAND.

Comment, Thérèse, peut-il te venir de pareilles idées?

LE CAPITAINE.

Je ne le puis croire, mais, quand cela serait, tu n'aurais que plus de mérite d'avoir agi noble-

4

ment. Allons, Thérèse, accepte ce qu'on t'of-
fre, pour faire plaisir à eux tous, ainsi qu'à
moi-même.

THÉRÈSE.

Il faut donc que je consente, puisque tu le
veux à toute force : mais, c'est à condition que
j'échangerai avec Bertrand mon champ du Bois-
Joli, pour le sien, qui touche ma pièce d'un
hectare au Marais.

BERTRAND.

Eh bien! va pour l'échange.

LE CAPITAINE.

Ah! mes chers amis, combien je suis char-
mé de vous avoir enfin mis d'accord! Il faut
maintenant vous montrer tout le plaisir qu'on
peut trouver à faire le bien. Je suis habitué
à peu dépenser et résolu à venir, en vieux gar-
çon, finir mes jours parmi vous. Ainsi, mon
traitement, et plus tard ma pension avec ma
croix, me suffiront toujours et au-delà. Quant
à vous, vous avez à soutenir un train de culture, des enfants à élever et à marier. Si je
me trouvais à votre place, je serais enchanté de
me voir aider par un bon parent que le sort
aurait favorisé. Ce que je voudrais qu'on me
fît, je prétends vous le faire : en conséquence,
je vous laisse dès à présent ma petite part de

l'héritage paternel. J'arrive exprès pour vous
donner cette marque d'amitié. Demain, je ferai
moi-même le partage.

BERTRAND.

L'excellent frère !

FRANÇOIS, SIMON, THÉRÈSE.

Comment te témoigner jamais notre recon-
naissance !

LE CAPITAINE.

Une bonne action porte en elle-même sa
plus douce récompense. Si vous êtes touchés
de ce léger sacrifice, prouvez-le par la pratique
de la morale même qui en est la source. Soyez
bons, soyez pleins de mansuétude les uns en-
vers les autres. Réjouissez-vous mutuellement
de ce qui peut vous survenir d'heureux, et re-
jetez comme des serpents venimeux ces misé-
rables passions, ces basses jalousies qui empoi-
sonnent, hélas ! presque toujours le bonheur
de l'homme, surtout dans les campagnes. Sai-
sissez toutes les occasions de vous rendre réciproquement service. En un mot, suivez à la
lettre cette maxime divine : *Fais à autrui ce
que tu voudrais qui te fût fait à toi-même.*

FIN.

ÉCRITS

EN FAVEUR DES RÉUNIONS TERRITORIALES.

Voyages agronomiques à la Sénatorerie de Dijon, par *François de Neuf-château*. Paris, Huzard, 1806; 1 vol. in-4°, avec le plan de la distribution générale des terres de Rouvres.

Observations des Commissions consultatives sur le projet de Code rural, par M. *de Verneilh*. Paris, Impr. imp., 1810-14; 4 vol. in-4° (Voir la table du tome 1er, page 143, au mot *Échanges*; la table du tome 2, page ix et x; les tables du tome 3, page 159, au mot *Échanges forcées et Réunions*, et page 682, au mot *Réunion des propriétés morcelées*; les tables du tome 4, page 465, au mot *Morcellement des propriétés*, et page 742, au mot *Réunion des propriétés morcelées*).

Des Réunions territoriales, opinion prononcée dans la Séance du 4 octobre 1823 de la Société centrale d'Agriculture de Nancy, par M. *Mathieu de Dombasle*. Annales de Roville, tome 1er (1824), page 264.

Essai sur la meilleure division des terres et sur les inconvénients du morcellement des propriétés. Journal des Connaissances usuelles et pratiques, tome XVII, page 121 (mars 1833), avec un plan du territoire de Roville.

Enchevêtrement des propriétés, réunion des terres, etc., par M. *Bertier de Roville*. L'Agronome, tome III, page 129 (mai 1835).

Rapport fait à la Société centrale d'Agriculture de Nancy sur l'opinion de M. Bertier de Roville, relative aux Réunions territoriales, par M. *Gouy*. Bon Cultivateur de Nancy, année 1835, page 238.

Observations sur les principales questions qui doivent faire partie du Code rural, par MM. *Chevrier-Corcelles* et *M.-A. Puvis*, Paris, Mme Huzard, 1836; in-8° de 74 pages (page 50), et Journal d'Agriculture, Sciences, Lettres et Arts de l'Ain, année 1836, page 269.

Échanges forcés, mise en pièces et réunion de parcelles de biens ruraux. Journal d'Agriculture et d'Horticulture de la Côte-d'Or, tome 1er, page 141 (octobre 1837).

Rapport (à la Société centrale d'Agriculture de Nancy) sur un Mémoire de M. le comte de Montureux, par M. *Besval*. Bon Cultivateur, année 1838, page 325.

Réclamations de l'Agriculture française près du Gouvernement et des Chambres, par M. *Bertier de Roville*. Nancy, Dard, 1834; in-8° de 44 pages (page 18), et Bon Cultivateur, année 1839, page 30.